拟见

枕水 ◎ 著

光明日报出版社

图书在版编目（CIP）数据

拟见 / 枕水著 . -- 北京：光明日报出版社，2023.12

（青青子衿 / 唐杰主编）

ISBN 978-7-5194-7684-7

Ⅰ . ①拟… Ⅱ . ①枕… Ⅲ . ①诗集—中国—当代 Ⅳ . ① I227

中国国家版本馆 CIP 数据核字 (2024) 第 013346 号

一位教育工作者的爱的诗篇

荣光启

枕水在大学时期的诗我就读过,毕业之后,她在小学当老师,几年之后,我感觉她的诗歌成熟了很多,老师身份和职业经验成为她诗歌写作的资源,这使她的诗作在主题、题材、想象方式和语言方面,都有一定的独特性。

雨水

一些细节正在发生

比如小草蠢蠢欲动
比如隐居的蚯蚓,把土壤松了又松
比如一只鸟,噙着种子
匆匆赶来

而我,更欢喜的是看到

有一群孩子，紧紧跟在你身后
如沐春风。正被灌溉

这首诗描写了关于春天的"细节"，诗作确实也出示了一些"细节"，而所有的"细节"，都服务于诗作的主题：如万物沐浴春风，"跟在你身后"的孩子们，因为"你"，而"被灌溉"。"你"这样的人，才是孩子们真正的春天。无论这里的"你"是作者对理想自我的想象，还是对广大的教育工作者的隐喻，这首诗都是很有意味的，让人很感动。

李花开

李花开了。
洁白的，一群群簇拥在一起

小小的朵儿
认真地开着。那么团结可爱
至于结果如何
我并不在意。依然欢喜

沐着春风，她们
一句句细细聆听，频频点头
偶尔，会回应我

以枝叶的晃动

恍惚间
我分不清，自己是在李树下
还是在课堂中

　　这首诗继续"沐浴春风"的想象，但诗作有更具体的场景——"课堂"，借着在枝头晃动的李花，作者所联想到的是她教室里的那些祖国的"花朵"，故面对春天里的李花盛开的场景，她恍惚自己到底是在李树下还是课堂之中。此诗将一位小学老师的日常状况凸显出来，由于作者对"花朵"们的爱意，似乎日常生活中的诸多关于时间、空间的景象，都能使作者诗情洋溢。

凌霄

凌霄花开了。
橘黄色的小喇叭奏响了
六月的校园，又与孩子们的读书声
构成了工整的对仗

他们不畏酷暑。继续攀缘
努力向上
即使低处的，也有着小小的梦想

我相信，发生在这些藤蔓上的事
也会发生在他们身上
甚至，承载着更多

辛勤的园丁
请不要空出一个花盆，也不要
截断一丝阳光

　　如前所言，在作者的日常生活中，由于心中有爱，孩子们总是能够让她产生美妙的诗情。凌霄花的小喇叭奏响了六月的校园，这个想象很有意趣，小喇叭的"奏响"，与孩子们的读书声构成了工整的对仗；而凌霄花的不畏寒暑、勇于攀登之精神，也与孩子们的梦想形成对应，甚至，孩子们"承载着更多"。在此，借着诗歌的意象，作者还传达出一个关于教育的独特经验：不要放弃每一个孩子（"不要空出一个花盆"），也不要限制孩子的成长（"也不要/截断一丝阳光"）。

小记事

房中，七岁的女儿在看图写话
越往后
想象越离奇。偏离得越厉害

我没有打断她。仿佛听见
她的脑中有东西在萌芽。正有着
属于她的花朵、星辰
以及万千想法和光亮

稿纸被吹动
多么希望，此时从门外而来的风
能包容一些。再轻柔一些

我怕
她会关上那扇门。怕一颗种子
从此失去和春天的缘分

  事实上，作者多次表达她关于教育的观念，在这首《小记事》中，借着对自己的孩子的记述，作者完成了一次对今天的教育的"偏离"的矫正。"从门外而来的风"是很好的隐喻，有多少家长在跟着这股"风"，在为孩子规划一个家长们觉得理想的道路与未来，并因此而扼杀孩子的"离奇"的想象力。作者觉得孩子那些"离奇""偏离"的想象，恰恰是一扇"门"，连接着"花朵、星辰……和光亮"，这才是希望的"种子"、教育的"种子"，我们若以自己的无知和私欲来限制孩子的"想象"以及与此相关的日常生活行为，就好比种子"从此失去和春天的缘分"。而在我们的教育中，有多少这样的悲剧！

杏事

不后悔——

没有折落一枝杏花。插瓶
她应该更繁丽。有更
清亮的风，深长的水，远阔的空
来滋养
她的一春盛事，和硕大

我也没有挽留下，那个倩影

窈窕在枝头
才是她的好光阴

同样的主题也表达在这首《杏事》中，杏花很美，在美丽花瓶中的杏花也许更美，但作者认为，"窈窕在枝头/才是她的好光阴"，在作者的美学观念中，似乎那个自然的状态，才是最美的。而与之相应的教育观念则是，如何不限制孩子，让孩子的天赋、独特的才能得到最好的发挥，才是教育的理想目标。在下面这首诗中，作者也透露了她的关于爱、关于教育观念的一个来源——她的父亲曾经对她的忍耐：

柳

我是那么喜欢柳
在唐诗中时隐时现。在老屋拐角
兀自低回

在与阳光的对峙中,春天

已空空。蕴藏的萌动,轻狂,和飞扬
跋扈。被此时的风
吹了出来——

青青。像父亲的脸色
也曾对着我的童年,把柳鞭高高举起
却始终,舍不得
抽下去

"我"也曾经有过"萌动,轻狂,和飞扬/跋扈",但"父亲"没有用柳鞭阻止,父亲"把柳鞭高高举起/却始终,舍不得/抽下去",这是让作者难忘的隐忍、克制,这种父爱是真实的,也是可贵的。也许,正是这样的父爱影响了作者,使她也成了一个隐忍、克制的人。在一首诗中,作者写道:"晚上,七点半//星星,敲着玻璃窗/像夜里/小而轻/曾经落在我们耳边的那群词语/感觉到爱着//餐桌上/心事小小如器盏,如白色花苞/果子鲜润多汁/红酒/淡淡椰奶香。都溢了出来//你来了,这些都不重要/你不来。这些都不重要"(《晚餐》)。这里的情景是关于爱情的等待,但作者如此平静:"你来了",美丽的风景和事物,自然"都不重要"了;而"你不来",美丽的风景和事物,更加"都不重要",因为这些事物已失去其存在之目的。作者甘心于人生中许多时刻的"隐忍之美":

隐事

一些事
如果风没有说。就不说
比如梅花落
比如昨夜的雨,湿了我的新鞋子
比如邻家的猫跑来,打碎了我的花盆

我只说,今日晴好
只看见春光温婉。水仙有着纤长的花茎
滴翠

就静静的。让它们属于被藏起的那部分
成为隐忍之美

这倒不是说一个人不以物喜不以己悲、心如止水才好,而是我们要有某些品格，比如，对万事万物都有一颗忍耐等候的心，细心观察、耐心体会，相信一切的发生都有合适的时间，相信"自然"才是世界的秩序，作为主体的人，没有必要那样个性张扬、自我发散。尤其对于教育工作者，我们最需要的是观察孩子们的真实状态和真正的需要，而不是我们那些潜在的教育目标。就像一句来自圣经的话，真正的爱，是"恒久忍耐"。我想枕水对于孩子们不一样的爱与盼望，与她隐忍、克制的品格有关。这些品格，也成就了她那些朴素、清新、优美的诗篇。

（荣光启，安徽枞阳人，著名诗歌评论家，武汉大学文学院教授、博士生导师。）

CONTENTS

目录

雨水　　　　　　　　　　／ 1

答君词　　　　　　　　　／ 2

风，催生着更多　　　　　／ 3

元宵节　　　　　　　　　／ 4

二月的雨　　　　　　　　／ 5

二月事　　　　　　　　　／ 6

雨水，越过二月的山丘　　／ 7

二月，迎春初开　　　　　／ 8

小记事　　　　　　　　　／ 9

迎春　　　　　　　　　　／ 10

花凋　　　　　　　　　　／ 11

你的名字	/ 12
惊蛰	/ 13
梨花雪	/ 14
春居	/ 15
春日	/ 16
三月,海棠和诗	/ 17
江南春	/ 18
春日纪	/ 19
白玉兰	/ 20
山有木兮	/ 21
给风,另外一个名字	/ 22
如果,你来看我	/ 24
李花开	/ 26
春分	/ 27
杏事	/ 28
蝴蝶兰	/ 29
与青青书	/ 30

那些花儿	/ 32
飞花令	/ 33
玉兰观	/ 34
山寺桃花始盛开	/ 35
写信	/ 36
未说明	/ 37
白樱	/ 38
桃花落	/ 39
春辞	/ 40
胭脂	/ 41
谷雨	/ 42
凿一条运河，去看牡丹	/ 43
桃花忆	/ 45
林深时见鹿	/ 46
花谢	/ 47
知否，知否	/ 48
兰草	/ 49

隐事	/ 50
蒲公英	/ 51
晚香	/ 52
落红	/ 53
你是未被辜负的水月镜花	/ 54
春	/ 55
小苦荬	/ 56
月光谣	/ 57
柳	/ 58
毛毛虫	/ 59
院中	/ 60
立夏	/ 61
栀子	/ 62
五月小记	/ 63
楸花记	/ 64
小满	/ 65
芒种	/ 66

香樟	/ 67
栀夏	/ 68
白莲	/ 69
夏日书	/ 70
夏雨	/ 71
凌霄	/ 72
端午小记	/ 73
看荷	/ 75
老园丁	/ 76
大暑	/ 77
荷塘晚景	/ 78
风铃	/ 79
礼佛途中	/ 80
写诗	/ 81
慢下来	/ 82
夏末的事	/ 83
所见	/ 84

避开	/ 86
处暑	/ 87
旧衣	/ 88
汈汊湖的荷	/ 89
七月初七	/ 90
立秋贴	/ 91
又见汈汊湖	/ 92
分手信	/ 94
秋来	/ 95
牵牛花	/ 96
秋分	/ 97
小隐	/ 98
大隐	/ 99
醒着醉	/ 100
白露	/ 101
父亲的稻穗	/ 102
没有一片叶子是多余的	/ 103

落叶赋	/ 104
说书人	/ 105
晚餐	/ 106
人间，所有的风声都微不足道	/ 107
与君书	/ 108
静夜有思	/ 109
删除	/ 110
起风了	/ 111
寒露	/ 112
桂花香	/ 113
离歌	/ 114
静秋	/ 115
庄稼熟了	/ 116
秋夜书	/ 117
霜降	/ 118
老屋	/ 119
立冬	/ 120

冬日词	/ 121
小雪	/ 123
小冬日	/ 124
向晚	/ 125
小路	/ 126
洋葱	/ 127
冬青	/ 128
大雪	/ 129
冬天的柿子树	/ 130
冬至	/ 131
祖父的祭日	/ 132
小寒	/ 133
寒夜	/ 134
赠你一枝白山茶	/ 135
家书	/ 136
雪夜	/ 138
元旦贴	/ 139

腊八粥 / 140

大寒 / 141

小年 / 142

守岁 / 143

写新春 / 145

后记 / 147

雨水

一些细节正在发生

比如小草蠢蠢欲动
比如隐居的蚯蚓,把土壤松了又松
比如一只鸟,噙着种子
匆匆赶来

而我,更欢喜的是看到

有一群孩子,紧紧跟在你身后
如沐春风。正被灌溉

答君词

我折下，一枝淡客花
回赠你时——

风还很轻。春天还未深入
桃花还未灼灼
湖水清浅，还未挽呈出内心的波澜
也深谙

君子之交。空啼的鸟
也不能给予更多的春色，懂得与回应

恰如其分的明丽，刚好静逸在
一只青白釉色花瓶里

风,催生着更多

风,催生着所有的种子
种桃树和李树的人,同时也种下春意

桃花开了一遍又一遍
李花,一朵落了,另一朵又开

我和你,就这样走着
很深的沉默,或更深的呼吸

风,一直在吹
从土壤里面,暗暗萌发出来的
还有很多,未曾想过的
比如,桃李的争衡,和恩怨
比如,我爱你

元宵节

我依旧
蜗居。守在案前。婉拒了一切喧嚣
和月色。尽管月色皎洁

这样的冬夜
她端上一碗软糯的元宵。升腾着
热气。让我想起——

也是这样的一个夜
屋外漫天的雪
而烧着的火炉,让小小的家温暖如春
母亲
早早关上了门。只紧紧守着眼前的
炭火,我和弟弟。似乎
那就是全世界

二月的雨

蒙蒙的雨。在空中
轻浮着。在青青的瓦楞汇聚
反复吟哦——

尽管那样细小,绵绵
那些湿漉漉的句子,喊不开矮墙下的
几株杏花。叫不醒春天
也没有带来更多

但我依然爱着
生活中,这些纯粹而偶然的遇见
这些突如其来的小小欢喜
依然为日光出现之前
她短暂的
美丽、润泽和陪伴

而感激

二月事

微雨。蒙蒙时
今春的第一朵玉兰,开了
花事

如情事。并不熙攘。我就静静的

为依旧凌寒的梅花想句
又巧妙地避开旧词。避开江城,病绕
和眉妆

默默自守。如净瓶中的一折海棠
淡淡香

雨水,越过二月的山丘

可否
以一位故人的身份,归来
随解冻的春风

潜入夜。与渐入暮年的游子,闲叙一宿
说到她
如梅的性情。她凋落的过程。她的悲辛
曲折

或者
洗去一切尘埃,和旧事。也不问
归期。只告知

故乡可安好?杏花开未开

二月，迎春初开

我还无法尽述其美
这个二月的清晨，我看到她

刚刚长到我的胸膛
一袭黄裙，像一只小小的蝴蝶
在清澈的背景下
轻轻展着翅，起舞
她的光芒，在晶莹的露珠间
静默又闪烁

这楚楚可爱的花朵
那么娇柔，那么怯弱
她还不知身为草木的疾苦
她还不曾经历春回之前的风雪

我只愿立春过后
人间暖一些，再暖一些

小记事

房中,七岁的女儿在看图写话
越往后
想象越离奇。偏离得越厉害

我没有打断她。仿佛听见
她的脑中有东西在萌芽。正有着
属于她的花朵、星辰
以及万千想法和光亮

稿纸被吹动
多么希望,此时从门外而来的风
能包容一些。再轻柔一些

我怕
她会关上那扇门。怕一颗种子
从此失去和春天的缘分

迎春

梅影里,残香兀自淡去
之后

我不知道,此时
吹过来的风
是料峭,还是贺知章诗中的剪刀
只看见朵朵

迎春已在门外
穿着鹅黄色花裙。在繁密的丛中
微微晃动,招手

像一个个阔别已久的朋友
向我们走来

花凋

二月尽了
梅花开着开着,就转淡转薄
谜一样的花香仍在,反见清幽
教人四下寻着

听说,后来她变了
不再写诗。憔悴许多,也世故许多

坐在林间独酌。被春光醺着
微醉。一朵梅花,要孤清,要美
要凋落

你的名字

为了读你。读懂你
心里的山水。我一直在寻你衣襟的颜色
梦境,甚至名字的暗语

去了姑苏。窥见
二月和风,在长堤一场醉里
拈花枝,舞翠翘

还去了唐朝。悄悄进入
韦庄的词句。在一场鸳梦里
拾起,坠花翘

甚至去了明代。偷偷翻开
《本草纲目》。在草部之二的章节
撕下:连翘状似人心,两片合成

惊蛰

惊蛰。在同题里
我看到这个春天开始撞色

绿撞上红。在惊雷中
撞醒蜇虫。撞上含香的风
草撞出泥土。阳光撞上云彩
撞得急不可耐,撞上一树树花开

还有哲学家,在深之又深
甚之又甚的夜色里,撞醒大地

而我,太缺乏想象力。能够
想到的,也就只有——

在某月12日,撞上了你

梨花雪

即使花开多于想象,即使繁似盛唐
我的目光,还是离不开这祥云般的白

雨水薄幸,蜜蜂、蝴蝶都不至
乱石中,每一朵都守住自己的底色

拒绝颂词,也拒绝拥抱与水声
春风浩荡里,每一朵都倾尽自己的一生

春光无限。我始终放不下
这一整片的梨花雪,这如蛊笑靥

春居

三月，雨水丰盈
深居的日子里，我没有再向谁
索求什么。满满一袭春光
就披在门前的桃树上

细草，青翠在侧
眼看它们
吐芽，发力。在无尽的暖煦中
自成一层厚厚的绿茵

给你的信还未写完
一群飞走的麻雀
还不确定什么时候，会再次飞回
远处，东风吹得湖水碧绿

两只衔泥筑巢的燕子，斜飞而来
成为我的新邻居

春日

北山坡上。桃花开了
樱花杏花也开了,纷纷缀满枝头

风轻轻吹过
像是你在我的耳边说了什么
花朵微微颤了一下
我的心,也跟着颤了一下

眼前的花,已经开始落了
飞走的蝴蝶,没有再折身飞回

风,仍向着我们轻轻地吹

只是,坡边的几株车前草
仍裹紧绿衫,深知这春日太短
不肯敞开心扉

三月,海棠和诗

在草木各自为绿
在短暂的几句鸟鸣
在风揉碎梨花落尽对白,都来不及净扫
之外——
三月还剩下什么

我沉默着
不能答。这个多愁而寂静的
春天。万幸被一枝海棠,和一本诗集
轻轻挽住

仿佛收到了一封情书
适合雨声。黄昏。闭门读

江南春

去江南。
蝴蝶迷路了。因为它被一首旧词困住
并遇见三月里的春日:
桃花,杏花,海棠,玉兰……
层层叠叠。怒放着,把风吹翻
水沱沱。有颜色,可以看

相反,是春花形容了红
春江描述了蓝

春日纪

晴好。在院子里
陪母亲聊天。她手术后
更苍老了一些。聊到忙碌中的爱人
又陷入沉默

抬头。看到
墙角的花已经开了
枝条横斜着向外伸展,却并不凌乱
也没有失去控制

我转身。重新坐下来
静静陪孩子写字,读喜欢的书
等着春天,与佳信
等他回

也许
是吹来的风,太像他平日的柔和
我忽然知了,寻常的可贵

白玉兰

一朵白玉兰,被昨夜温柔的月光
爱抚了一整晚
风吹过,她的眉眼一低
再低

玉兰,也曾这样迎着风
在暖暖的春意中,慢慢打开自己
交出最柔软的部分

老去的日子里,仍有小小的朵儿
小小的什么在心底,颤悠着
摇晃着
而此时压在枝上的鸟鸣多么纷杂
琐碎,一声声将其包围

转过身
她将斜生出来的部分,一一剪下
插入了空瓶

山有木兮

如果,春一路拂过
山间。花事,再无遮拦

如此。在你青黛的眉间
种下入骨相思。再细挑
你樱唇上的一抹胭脂,送与
花枝。后清风来探

你的眸光,映出苍穹之蓝
丁香花木,开遍了整座南山

给风,另外一个名字

泠泠。我就蛰伏在土里
我喊你时——

风
流过来是你。流过去还是你

泠泠,你是谜
是二月沁人的寒意,又是生机
你是三月的暖
是桃红李白。是田野间,正蓬勃着的绿

四月了
泠泠,它们都落了
而你,便是木香枝头一朵又一朵的香气

泠泠。你来之前

所有的花

都咬紧了牙,都不肯透漏出一点儿

关于春的消息

如果,你来看我

如果,你来看我
请在三月暮,或者四月初吧

那时,芳菲尽绽放
不会再有寒战的风声。桃花一定开了
山樱也跟着开了
我们摘下梨花入酒,海棠插瓶。也要摘下
口罩
面对着面,就着香气
饮酒,或者茶

我们盘着腿,席地而坐
在黄昏的日落里,在扶疏的花影里
以春风的温婉,细细说话
甚至,什么也不说

一直到

你的衣襟，微微拂动，轻曳起舞
你的眼角含笑，落满烟霞

李花开

李花开了。
洁白的,一群群簇拥在一起

小小的朵儿
认真地开着。那么团结可爱
至于结果如何
我并不在意。依然欢喜

沐着春风,她们
一句句细细聆听,频频点头
偶尔,会回应我
以枝叶的晃动

恍惚间
我分不清,自己是在李树下
还是在课堂中

春分

老地方的梨花,开始落了
那么多白

像那么多等待。写满
枝头,交给微风
一片被吹落。又重复另一片

日影斜。花影也斜
摇椅摆在空旷之处。几只归雀掠过枝叶
飞入暮晚

离人不归。还是不能归

把日历翻了又翻
春分了。窗外的杜鹃叫得更频繁

杏事

不后悔——

没有折落一枝杏花。插瓶
她应该更繁丽。有更
清亮的风，深长的水，远阔的空
来滋养
她的一春盛事，和硕大

我也没有挽留下，那个倩影

窈窕在枝头
才是她的好光阴

蝴蝶兰

穿过泥土
穿过冷暗和孤独
穿过骨骼深处,分裂再度拔节的痛
穿过潮湿的风

被
一些野蜂,落雷如雨,丁香的忧郁,爱情温柔
所伤。来到了四月

开成蝴蝶的模样

与青青书

三月末
桃花都已经落了。我已不再写诗
青青。还能寄给你什么呢

白山杏
还没开。去往花季的途中
青青,你会
因遇见晶莹的雨水,而变得清湛
遇日光,而晴和
会遇见疾风。遇劲草而菁菁
向上

青青。如果遇见
一只小鹿
把四月撞开。春天的裂口越来越大而
繁香四溢。疏影里
你忐忑心悸,辗转到天明

是情。青青

是一个人悄悄走进了你的心

那些花儿

四月了。蝴蝶还没有找回——

那些花儿
那些棣棠。那些介于黄色与橙色之间的
不秾不夭,一派天真

花瓣上的露珠
可以不染纤尘
可以轻轻抖落心事,和孤单
可以映射出所有的灿然,明媚,和诚恳
淡淡素素。她们

之于春色
之于粉墨人生。是多好的一种错落
与平衡

飞花令

飞花。有令
没有水,却卷起三月的春潮

正微澜。还有日暖、香暖
曲径通幽。用你的旧句解读暮晚

解读青山的青,萱草的绿
解开柳丝,与发丝
千万缕。解读无尽的凉风
如你。解开旧时人的眉间、春衫
与悲欢。没有再折返

松开旧事,与其蔓蔓
我在一句花酿里独坐,冷落人间

玉兰观

叶子褪尽。末端的花蕾,把春天
举过了头顶

阳光很好
酥酥撒在身上。像醉过的小青春

人间并非处处胜景。如果此时
有风,吹了过来

扑腾着。热烈拥簇在一起,是我们
伶仃散落,也是我们

山寺桃花始盛开

春去大半

桃花林下。一尾
浅风,吹过来
一树一树哑光的清香。飞红
复飞白

都落了。
可四月的风比三月的,还要暖
还要情多,还坏

又去了大林寺
把另一朵桃花的衣衫,偷偷
吹开

写信

这个四月的下午
结满花苞。风落在阳光的锁骨上

我正坐在山坡下
一个人看云。给你写一封信
我的耳朵、发间都还留着你的软语
和淡淡体温。但我没有说

唱着的是一只画眉。她的声音很亮
比流水还清。我只写了
蓝。一朵开在春天里的地丁蓝
袒露着,安静着
就好像这样爱着春天。就只是爱着

也许还应该说点什么
想了会儿。好像也没什么了

未说明

轻轻，花睡在花影上

阳光抱紧。风声温和
不道破鸟鸣，及花的隐喻

醒来时，日影如你的眉眼
一低再低。我不敢作声——

梦境之外，一切
我谓之含蓄

白樱

春日。躺在山坡上
看她静静地开

不动声色。她
一层又一层,舒展开自己的蓓蕾
带着纯洁的隐喻
向青色的天空,开出无尽的
曼丽与温柔

抖落一身的露水、娇羞和迟疑
怀抱一束春风。春意弥漫
花事盛大

记不清是哪一天
我借过她的白裙子和淡淡香气
去见他

桃花落

经了姹紫嫣红。带走这个春天的

是多出来的绿
是檐下不眠的雨。是他冷冷的语气
是心事
和离绪,比春色更疾,比流水
更轻。说完

"珍重"。我不敢询问一朵桃花的行踪
我知道——

失了爱情。她
转身后,独自穿过了四月的风

春辞

梅。冷寂。料峭
告别这些词时,倒映在湖中的绿
更深了一些。不远处——
杜鹃催晴

雏莺,也不停地唱着
清澈嘶鸣中
除了匆匆,我还是听不懂什么。梨花落了
又落
风,还不肯入定

像二月的薄寒流失。无形无迹
雨水洗劫着村舍。再一次,将人间逼向
清明

胭脂

放下《牡丹亭》。依旧不能回避
你的愁艳,或者打开

簪花,挑亮烛火
刺过青丝间浓密的孤寂
唱词和道白都已然说尽。闺门
深深。春几许
胭脂卸了晚妆,叹息又重新燃起

一转身
你在影子中老去

谷雨

清明后
四月的最后一个节气,被几只杜鹃
催了。又催

布谷,布谷
我翻着唐诗。母亲不说话
只默默低下头,把谷种,和几句农谚
一并撒下

在细雨蒙蒙中,我听见——

来自胚子深处的萌芽。比几行绝句
更生动地,押韵了春天

凿一条运河,去看牡丹

用失传已久的隐身术,和慢动作
凿一条运河——

去看牡丹。看姹紫嫣红
看叶子的绿光。不再浪费春风
也看一看
落肩的花瓣,干净质朴
而柔软

去看流水清澈舒缓,云很轻

去看一行真正的白鹭。与它们对视
看它们
暮色重重,如何
摆脱阴影,划过药玉色的青空
复活一片水域

去看一只读过唐诗的水鸟

比我们温柔娴静。脉脉含情

桃花忆

春日。我们几个坐在湖边
散淡地聊着

聊着近况和天气
聊着老校区即将改造
聊着一个个名字。桃花一样的
那时的我们,总是挨挨挤挤
总是温暖

风匆匆吹过
好像遗落了什么。我们没有提及
也没有回答

桥下。流水兀自远去
几尾细长的小鱼
游了过来
把那些零碎的花瓣又拼到了一起

林深时见鹿

看见月光了吗
每一刻春风都夹杂着涟漪,和香气

用力把门合上
风又推开
依旧鲜艳的落花,在地面跳跃翻滚
密叶,藏歌声
藏着一心颤乱。扑腾的小蹄

一个被打动之后的四月,多么危险

可以见他。见星星
见鹿
却不能在林深时,告知她迷途

花谢

四月末了
春风,足够让所有的花都颤抖起来

他一直沉默着。我把窗户推开
风冷冷的。木绣球
在枝头晃着,落了一片
又一片

我紧张地盯着那些花。又看看他
直到飞鸟兀自远去
直到他说出

知道花总归是要谢的
真的谢了。留下我一个人在风外

知否，知否

蝴蝶，终于
在海棠前停了下来。不再捕风，捉影

卷帘人声音放低。生命
却被抬高。连叶子都生出傲挺厚重的骨骼
连花开都有被尊重的回应
尽管可见——

芭蕉滴翠。落花
要重回枝头，却是明年的事了
一半的春色隐去

晚间又有雨
声声慢。声声急

兰草

又下雨了
与桃花与杏花一起。落了一身

落满阶前。落满叹息
落向
二分尘土,一分流水

这个春天,也不是完全失去了吧

如果
空气清润。如果你来
带着泥土,坚韧,和毕生诚恳

隐事

一些事
如果风没有说。就不说
比如梅花落
比如昨夜的雨,湿了我的新鞋子
比如邻家的猫跑来,打碎了我的花盆

我只说,今日晴好
只看见春光温婉。水仙有着纤长的花茎
滴翠

就静静的。让它们属于被藏起的那部分
成为隐忍之美

蒲公英

不经意间
蒲公英就缀满了四月的田野

一样盛开。每一朵
却又有着不一样的高度和姿态

多么像即将毕业的你们
正从青涩的壳中,慢慢挣脱出来
而后背起行囊。悬落在
路旁、山间和不同的城市
甚至更远

风只知道吹
而我听见了玄妙,陡峭和流水

端起朵朵金盏,为春天干杯
为这来日可期的美

晚香

四月已用尽想象。桃花
与一帘杏花的恩怨无解。依旧闹着
春风。恰巧
燕子飞过了江南。蝴蝶赶着春光
涌向

一池花开的流水。在此岸
有数不尽的青衫与顾盼相逢
或是不逢。有那么多的飞花、烟雨
以及梦。很轻
或是很空

而彼岸,花影重重——
不过是晚樱开了
不过是春色偶一回眸
在你我心间,留下那么一小叠暗香
隐隐浮动

落红

大多都已枯萎在暮春的枝头
只有一些落了下来

落了下来的
大多都落向了高檐和碧瓦
只有少量的落在了地上

落在了地上的
大多都随雨水流去了低洼沟渠
只有极少的融入了土壤

她们甘愿化为春泥
默默滋养着人间所有的绿

拟见
NIJAN

你是未被辜负的水月镜花

溯回盛唐旧唱
不如溯回枕水人家,繁华之前
和之后

你镜中的眉黛,一痕山色
你的轻衫,渐次薄
春深时的百花堪情。你
一低眉
整个江南的春色,就又近了一些

姑苏城外,已是擦拭不尽的冷霜
和诗句。城楼的夜,有着
更深的睡影。回声
依稀,你的衣襟却不能够
再沾起。或回眸

那年,杏花依旧
月下,我饮尽了所有你斟下的离愁

春

带来过花朵
带来过爱欲，潮水，和潮水褪尽后的
月色迷离

你的身上
还有着万紫千红
有着不甘褪去的自由，热闹与香气

你站在我身边，默默不语
看我
一边回忆，一边拾四月落花
把吹落在我头发和身上的那部分，轻轻
细细摘下

是真的要走了吗

小苦荬

校园里,小苦荬零星地点缀着
纤细的茎,单薄而脆弱
比起已经结出小果的那些桃李
它们多么迟缓、矮小

但我并不撇弃。它们也是
土地的恩赐,是花木中的一部分
我只需多点温柔和耐心,让它们
沐着雨露和阳光,尽力生长
我也会引来一些微风和鸟鸣
将沉睡的都唤醒

让它们继续攀爬
最后在自己的花期,开一朵花

月光谣

夜色悠长
有足够的时间抵达梦境。月光
就落在我的身上

如果
蔷薇依然娇羞。如果你眉间藏香
如果
月光读不懂
我的心事便开始摇晃

如果寂寞疯长
如果
还能再植入一枚如果
我愿意闭上眼睛继续勾勒

想象拾级而上
你可不可以微笑，让它温柔穿过夜里
这风一样的月光

柳

我是那么喜欢柳
在唐诗中时隐时现。在老屋拐角
兀自低回

在与阳光的对峙中,春天

已空空。蕴藏的萌动,轻狂,和飞扬
跋扈。被此时的风
吹了出来——

青青。像父亲的脸色
也曾对着我的童年,把柳鞭高高举起
却始终,舍不得
抽下去

毛毛虫

反复修剪
一些枝叶和诗句。我还不知道
如何推开春寒,和僵硬。鸟儿为何
更跳跃,更生动

一条毛毛虫。在叶子的背面
一格,一格。慢慢蛹动。不断推进
一个词,一种情绪。春意辽阔
爬不到更远

一想到蜕变。一想到
笔触的纵脱之美。就相信它们
越来越轻
一只只蝴蝶,自由飞行

院中

木椅还在。针线筐还在
水井旁
桃树也还在。你当年种下了许多

桃花
已经落了,散去了。还未结出青青小果
风,吹过来
吹着往事。寂寂的

墙角。几枝月季
被压弯了身。像你病后颤颤巍巍的样子
还有
一株杜鹃,是不久前无意发现的
你走后

纷纷吐出小舌。它们努力着花开几日
胜过我这浑浑噩噩许多年

立夏

这日子太快了

门口树下。布谷声又惊落了几粒槐花
桑果已经熟了
蚕早已经结茧了

那些香气。那些细节
占据
无数梦境和午后忧伤的你
那些爱与回忆，顺着五月的藤蔓，曳着绿
正一点一点
向上爬。那些疼

赶在小满大满之前，写出立夏
只为——

那些花枝花事，空空的风，无谓的想念
到此为止了

栀子

风吹过——

校园。鸟声,灌木。他的白色衬衫
栀子已经开了

小小的香,带着虚晃的影子
若隐。若现
像是告白,又略带青涩。又来不及把春思
还给春天。她莫名地
陷入了忧伤

毕竟是初夏。毕竟是喜欢

五月小记

夜醒着
所有的星光,下落不明

搬回阳台上的那些花,不急
收拾好他的衣物,也不急

一直在想,这暴雨
会不会温柔些,还是要下个彻底
风,会不会平息

清晨,茉莉开了
回答了我所有的问题

楸花记

楸花
开出细碎的光阴之后,扑簌簌全落了
烟一样轻,来不及细看
已经无踪可寻

那些香气和影子,回荡着
空无着
一段一段。像窗外被拉长的蝉鸣
像花蔓草的绿
在风中一页页展开,一点点战栗

爱你的时候——
力有不及。小小楸子
在苞中尚未成形。我还拿不出任何证据

好像,也只是夏天的一阵风
刚好经过了这里

小满

槐花落了
朦胧中。惊落槐花的风,仍让人有着
轻软软的恍惚

茉莉清心。栀子寡欲
几朵明亮的白从幽寂的绿里钻了出来
麦子,不停地在拔节
在灌浆

初夏越发饱满。我把门前的落花,和杂念
一并清除

静静。弯下身子
给花丛除虫拔草。有感情地阅读

拟见
NIJIAN

芒种

翻开农历。五月
布谷声声如鼓点,频频相催

枣花开了
毕露的麦穗,已藏不住锋芒和虚实
稻禾向上,一行行抒写着佳作
还有小荷青青

偶尔几只立在尖上的蜻蜓
鼓起了眼睛,看时节匆匆
不可挽留

母亲弯着腰,仍在地里忙碌着
此刻,我拿起笔
突然也有了想耕种什么的念头

香樟

初夏。香樟开了
小小的黄白色的花,静默着
一粒粒缀在枝头

走在一排排树下
清香盖过了杂异的气味
鸟的歌鸣盖过了风声,落花声
微微的叹息
以及一些莫名的议论

多么好
抖落掉那些不需要的旧叶之后

树冠依旧繁茂。有所隐掩
又自成绿荫
很轻易地就遮挡了一部分喧嚣

栀夏

清夏。小小栀子
又开了一朵。香气在丛中

徘徊
一些时光隐去。偶尔也允许我们
低头。切近
一睹那些细枝，末节

有时
是小黑虫。是放学铃声
有时是一封遗失的信。是芬芳细白
最初的你

好多的花还在开
那样的美，却无法再轻易说出来

白莲

清夏。一枝白莲
早已高高跃出了水面

她没被宽大密集的莲叶遮挡
没被丛杂的水草缠缚
也不与停伫的白鸟、浮游的野鸭
混为一谈

你看——

她不染淤泥。每一瓣都娟洁胜雪
尖角向上直入的姿势
多么劲拔有力,像一把利剑
刺破界域,穿透时空

来到六月
结束了所有的围困和黑暗

夏日书

学校的院墙后面,茂盛的草木
又高了几寸

经了雨水后,泥土已变得松软
所有的叶子,沐浴着阳光
闪着绿色的光亮

而我多么有幸——热爱这一片土地
在知识的光芒里
看孩子们不断拔节、成长
听一只毛毛虫,说起飞翔的欲望

夏风中,喜鹊的叫声继续传来
什么都没有停下

多好啊!高处的凌霄和紫薇开了
低处的晚樱草也开了

夏雨

暴雨如瀑。不停地敲打着

我推开窗
把雨的声音放进来。还有风、泥垢
流言的虚无

它们,和水珠一起
溅到我身上。所有的鸟
躲进了树丛和山岩,或者根本没躲

窗台上
栀子和绿萝,被雨水冲洗得清和而干净
和它们在一起

我没有说话
一直保持着安静

凌霄

凌霄花开了。
橘黄色的小喇叭奏响了
六月的校园,又与孩子们的读书声
构成了工整的对仗

他们不畏酷暑。继续攀缘
努力向上
即使低处的,也有着小小的梦想

我相信,发生在这些藤蔓上的事
也会发生在他们身上
甚至,承载着更多

辛勤的园丁
请不要空出一个花盆,也不要
截断一丝阳光

端午小记

五月初五。在乡下
微风吹拂着。两只鸽子悬在屋檐

外婆包着粽子。她知道
端午所有的习俗,知道辟邪
喝雄黄酒、挂菖蒲艾草
却不识字,不知道一位叫屈原的诗人
和《离骚》

我们问起过去
问起嗜赌的外公以及后来
她独自养育十一个子女的艰辛
她低头不语,继续
把一些旧事裹紧,把糯米红枣
按了又按

她从不说起自己的苦难

和屈原一样

也从不愿意离开自己的乡园

看荷

他们只是看花。而我看到的

是你。
骨骼翡翠,裙袂香洁,籽实落入淤泥
如同星星落入夜空

在风镌刻的水草丛,历经着
污浊的、荒凉的、滋扰的、如缠如缚的
境况与人世

仍是亭亭净植。不蔓不枝

老园丁

从茂密的花丛中起身之后
他把更多幼小的种子
种在校园里

看他们吐绿,吐词,迅速生长
长成灌木,或参天乔木
之前

他不断修剪顽劣
徒长的斜枝、叶子和多余的萌芽
浑然不觉,自己的青春
早被剪落得一点不剩

他懂得及时施肥固根。及时
纠正他们身上的错误,并且摘除
病虫害的部分

大暑

没有惊雷
也还是落了几朵小小的白花

菜地里
蝉在树荫处叫着。一群忙碌的蝼蚁
与燥热的风,默默搬动节气

大雨倾盆后
寂静。豆角藤上又有着清亮的鸟鸣
目光所及都是它,竹架是它
天空也是它

而大暑之前
是春,是夏。是顽强
是一点一点鼓胀,向上攀爬

荷塘晚景

在乡下。荷塘边
夕阳的余晖,轻轻落了下来

落在出水的荷花上
一朵朵
面容姣好,已亭亭玉立。风一吹
眼前,尽是摇晃的影子

不远处,传来隔壁阿婆的呼唤声
邻家大哥,从渔船上
跳下来,随手剥开了几个莲蓬

此时
我也有一种剥开荷瓣的冲动
看看里面是否藏有
姐姐的歌谣、月光和一闪一闪的
童年的萤火虫

风铃

在檐下。有着夏日的热情
傍晚十分饱满
风一吹,或者稍一触碰就发出声响
叮当。叮当——

像是自行车经过时的声音
像山中鸟鸣,银瓶乍破
以及山脚下的溪流声
还有一些属于窃窃私语,或者缄默
我看着花谢了,草结籽
看云朵,看善恶丛生
某些人匆匆离去
铃声响起,又有了新的消息
叮当。叮当——

清脆。空灵
我也没能入定,总是满心莫名的颤动
也被什么摇晃着

礼佛途中

去山后寺院礼佛。
一路上
他们行色匆匆。被八角刺儿划破衣衫
又被树藤绊住

遇见一条小溪
我停了下来。溪石上
一些日常积尘与风声,被柔软的流水
冲刷着

一只觅食的雏鸟
从海桐丛里向我飞了过来
轻轻
我把食粮、念想和一丝静谧留在身后
慢慢前行

穿过来往的人群和之间的阴影
我离佛越来越近

写诗

在一张纸上写诗。写七月
受潮。阴郁的鸟鸣中,浆果溃烂
写父亲咳嗽,写和她分手

写到种种却又词穷时,母亲
刚好走过来,让我放下
帮她拔除过季的花藤。把土壤整理
细致,再重新撒上了一些菜籽

一阵风扫过。有什么被清理走了
薄薄的纸飞了起来,像一只白蝴蝶
飞过了栅栏和屋脊

很轻很轻。似乎瞬间
就轻易地避开了生活的重力

慢下来

月色被压低
云轻轻。以及墙上细细的影子
温柔地站着
不去想那些琐碎,就是静静地站着
寂静之外

慢下来,有从指间泄漏的风
慢下来,有满树紫薇微颤,夜色中飘红
慢下来
月光盈盈,就显得更清晰一些
如果,再慢一点

刚刚发芽,又埋下去的心动
不经意,就又涌上来

夏末的事

紫薇花,簌簌落了
沙梨已经上市。蝉在耳边聒噪
知了。知了

窗外,有叶子被吹动的声音
夏天尾巴上的阳光,轻轻穿透树丛
洒了进来

给远方的人写一封信吧
写蜀葵和矮牵牛都打着小小的籽
写一切变得柔和。写内心
沉着的温暖美好的事

就现在
趁露与芦花还未白。趁小南风还在

拟见
NIJIAN

所见
——写在鲁迅文学院湖北作家高研班

综合楼旁,玉兰花
正举着粉色灯盏。小浆果落在地上
轻轻敲打着

小山雀在树梢上啁啾。而我
坐在教室里,用一整个下午聆听

隔着玻璃窗,我看见
她的身体叠在我的侧影上
翎羽很薄,很轻。多么美好的飞行
慢慢打开天空。慢慢
听见梵音,寻见诗歌给予的停靠
并触碰到云

台上。他们的讲话
继续牵引。把我带去很远的地方

娓娓的语音,刚落

窗外,那只山雀正好把我的目光
拉向深远的空灵

避开

给我一场寒冬的雪。让我
避开这个八月,避开石榴的红晕
碎花的长裙。避开雨声的纠缠与抒情

宜人。草木和田野
进入清澈的露。吹皱的湖水
重回最初的平静。风从远方带来
凉意,轻盈的梦,以及浩浩
霜白。还是要避开

一片清秋。避开
月下,避开朦胧花影
这不安静、不安分、不安宁的——
想你的心

处暑

暑退了
蝉鸣,送别一个寂寥的八月
又低低地,叹道

太疾。水声消瘦
颜色暗了一些。倒映着野鸭
残荷,和屋脊

其实,并没有什么发生
不过是——

小小露珠与山菊,平分了秋色
只剩凉薄的风,吹白芦花
再吹向你

旧衣

一件毛呢旧衣。禁得起旧
禁得起光阴
禁得起风和流水。被反复涤荡,揉搓
禁得起折叠和冷落

无论挂在何处,都安静
都像是

长久地立着。陪伴
以及不因季节变换而窘迫、脆弱、褪色的
好质地

汈汊湖的荷

水光潋滟中,每一朵
都袅娜
都摇曳生辉
都有着鱼儿问不出的羞涩。盈盈

但飞走的蜻蜓不知道
丰腴娇媚之后
她还有孑立的瘦骨
有着夏末褪尽铅华的淡泊与从容。无声
孕育的苦心。冷秋时的温和性情
以及冬雪白头时
垂下眉眼的懂得与慈悲

如果你只是来往的风
如果你的心,无法像这汈汊湖中
十三万亩的湛湛静水
又怎会一直爱着,看尽并了解
她全部的美

拟见
NIJIAN

七月初七

七月初七。在某处
写字。一笔一画都很琐碎
又静静地想谁

想到天街的夜色,比水轻
想到极尽能事的飞鹊,微微偏瘦
想到,等待该是有穷有尽
翻开的书,并没有记载
牛郎织女究竟遥遥对望了多久

用杜牧的小扇,摇一律七言
酌酒。平平仄仄旋转
你的影子尾随其后
无意间,摇落一句花词

我徐徐饮下深深的执
在你的眼里埋下这首不成形的诗

立秋贴

蝉还在鸣唱
稻畦油青。草长。风穿过七月
和田野
有些散乱，微微的凉

立秋了。并不见秋

只见父亲
跟着他的玉米，生出褐色的胡须
和一道道褶皱
母亲佝偻着腰，在风的催促下
又添了咳嗽、病痛和白发

田埂上，静静开着一大片小黄花
像是这些年
他们一点点丢失的韶华

拟见
NIJIAN

又见汈汊湖

再见时,已是八月
草木葱茏。荷叶硕大
几行长短句般的白鹭起飞,毫无章法

而荷花安然,高洁。我看见
渐渐下沉的暮色
看见水珠、落日、湖面的光斑以及
那么多的星宿
看见明亮的事物,都各有千秋

此刻,我的词笔远不敌晚风
勾不出一湖的平仄、诗意和暗香
十三万亩的湖面上
莲蓬,仍深入泥沼而高举头颅

只有,一只误入苇丛深处的野鸭
像我一样

停在了中途和穷途之间

扑腾和挣扎的声音,清晰传来
远山,依旧模糊
消解不安和难言的困顿,有时需要
一面平静而开阔的湖

分手信

笔触始终不安。用锋尖,划开风
划出了一些层沓旧事
与一枚簌落的秋叶相似。纸张

泛黄。经过了颤涩的水声
和犹豫。经过了八月
甚至,无数个不眠的夜晚

在抵达你的手心之前

——还须用力挣脱枝头。再划过
天空,一片灰糜的蓝

秋来

已是稻花飘香的时候了
在乡下。刚和农家们说完丰年
就看见——

屋后的板栗树,结满了刺果
石榴、柿子越垂越低
枝丫间的紫浆果,轻微落地

塘边。蝉鸣已歇
荷抖落一身的嫣红、花香及燥烈
野鸭正赶着时间和水声
我们,都已走过人生的处暑

风,径直地吹过来
马尾花和狗尾草
纷纷侧身。仿佛在给秋天让路

拟见
NIJIAN

牵牛花

院角。几粒被遗弃的黑色种子
静静地
开出了蓝紫色的花

小小的花蔓
不断缠绕，舒展。经络纤细
而又柔韧
每一寸，都渗入了清苦的绿
都饱尝了攀爬的艰辛

风从远方吹来。花瓣上
微小的露珠，带来了
新的光芒与明净。世界无限阔大

继续奔逐吧——

攀架虽小
但足以牵引一颗向上的心

秋分

秋风悄悄离间了什么
之后
大雁开始远游。云朵渐行渐远

桂花细小
隐约。重新被拉长的夜
像块翡翠那么静。抬头细察才见的星星
想起你,身子单薄
一遇凉风会咳嗽,墙角蛐蛐的叫声
就显得格外清晰

我仍端坐于此
无处可去。落花在低旋,仿佛某些爱
在远离。草色和露水

都在加深。我对着屋上的旧月光
失了会儿神

小隐

此时,不问
秋风。不问枝上蝉声

用桂花入酒
用溪水煮茶,或煮鱼
用枯叶生炉子。把自家门前打扫干净

南山是一种远
白莲落尽。词间仅余半点菊香
野雁飞过一个傍晚

皆是小隐

大隐

不去南山。也不去竹林
就在此——

入江湖。与他们
对饮。看春色，和美色
也聊人间疾苦，反复遭受涂炭的生灵

或者，庙堂深居
不动声色，也不耽于声色。用清水
养莲，也养正直心性

没有菊
没有七贤和青白眼。有魏晋风骨
另有隐情

醒着醉

秋一再加深的歉意,让八月湍急
不忍看浮云、流水,散落于词人的残笔

一片霜白,一滴露华浓
我与晚枫共饮了。脸上已褪不去潮红

秋风中,没有荷花、十六字、小斜枝
是不是把你笔下的云溪引以为。流觞曲水

我是你眼前的另一杯
喝一个春恨厌厌重回。喝到花色里
醒着醉

白露

院内空空
几株藤质的蔓萎了，不再虬曲

而上。风霍霍
吹落了残荷，香落在了路旁

露，如果从今夜白

可否，借我二两
供养几枝菊花，心事，和虚词
写下浮薄的诗

可否，再讨几钱月光
引领修辞，去承载最重的乡愁
最深的，秋

父亲的稻穗

立秋后。暑热渐渐退去
稻子生出金黄
竹叶菜和矮牵牛生出黑色籽粒

而我青青,叛逆
生出不切实际的梦
整日写着。虚无。诗书满腹
却又两手空空
无法分担耕耘与收割的沉痛

父亲弯下腰
拿起镰刀。六十岁的影子在夕阳下
格外枯瘦、矮小

风一阵凉似一阵
蜻蜓已经远远飞走。我知道
田野里
父亲的稻穗,还迟迟不肯成熟

没有一片叶子是多余的

午后的街道
一些叶子,从两旁的梧桐树上
簌簌落了下来

它们枯竭。表面
覆被着厚厚的尘垢,斑点,和虫眼
边缘向内蜷缩,不平顺
甚至,完全扭曲

还让我,看到了生命的
质变。残缺,空洞。失水般的薄瘠
与皱裂

想到所经过的,所蒙受的
那些必须。更多的叶子就要落下来
落在我们身上

拟见

落叶赋

多好的一个冬日。风回到树上
云回到水里

几枚金灿灿的银杏叶子,从树梢
落了下来
温软缱绻。宁静
就那么轻轻地,对着天空
交出阳光雨露
交出悦耳的鸟鸣
交出颤抖之身和那些水分,与高高的
枝头脱离
优雅地旋落。越来越近

交出所有负重
我愿意和你们一样,越来越轻

说书人

陈旧的屏风相隔。江山和传奇
都在后面
你妖娆。怀抱琵琶,口吐素洁
每一朵桃花都带血。弦音开始低沉
他还在等——

老式的木桌上。旁落的扇坠
垂悬
有旧光阴之软。你眸中的苍老和隐忍,开始
疼
如此。戏文里的悲凉正在于此

你低眉
那句表白的词

晚餐

晚上,七点半

星星,敲着玻璃窗
像夜里
小而轻
曾经落在我们耳边的那群词语
感觉到爱着

餐桌上
心事小小如器盏,如白色花苞
果子鲜润多汁
红酒
淡淡椰奶香。都溢了出来

你来了,这些都不重要
你不来。这些都不重要

人间,所有的风声都微不足道

依旧无法平静地凝视——
告别,朦胧的月,以及
更深的夜色敞开

星子,悬浮于辽阔
月光空旷,愁郁的影子悠长悠长
冷冷的。有风来

人间,所有的风声
都微不足道,而我的孤寂遥远
所有的孤寂,也微不足道
而我的思念遥远

你,既不在
繁星之上,也不在月色之间

拟见 NIJIAN

与君书

多好啊
在这样的一个黄昏里
一切的喧嚣都变得遥远
鸟鸣,变得温柔

天已经越来越小
树木长得越来越高
邻居家的小猫儿愈发健壮
角堇和矮牵牛都默默孕育出了种子
跟着它们
我也从夏走到了秋深

夕阳悬在一株苇上。它是寂静的
适合和爱的人一起看

以前和你
现在和你们

静夜有思

月色细腻柔和。蛐蛐的叫声
今晚
比以往多,婉转。缠绵

灯火昏黄
露水,星星以及一些细小的碎片
都在闪光
紫薇的花瓣在枝头摇曳
微颤。七月继续用幽微的香气
轻轻
抚慰着。思绪又藤蔓般爬满

窗沿。晚风微凉

你的名字,此时月光一样倾泻而来
明晃晃
一整晚,我都舍不得关
那扇小小的窗

删除

删除标签。删去名字前所有的修饰
暗香开始浮动,剔除招蜂引蝶的部分

不要多余的话,所谓纷扰
是一个形容词与另一个的叠加

删掉他的闪烁其词,无尽的火焰与不安
整个不眠的暧昧的长夜,漫漫

也回避你,连清澈的月光也要避一避
因为光影中,满满透着孤寂

起风了

簌簌地响
有风,匆匆吹来

能被轻易吹动的,都是纤弱无力之物
比如隔岸的野草
比如枯木伸展出的枝条
比如耳畔,夹杂着的一些谣传
恐慌,和焦虑

吹过了十里,又十里。再百里千里
我从不追问什么

无论风从哪个方向朝我吹着
我都沉默。静静等春暖
和花开

拟见
NIJIAN

寒露

芦花白了。不动声色地

一颗寒露捎来
与秋天有关的晶莹、清淡和透彻

想起年少时跑步
裙褶里花朵细碎，穿过故乡所有的小巷
和溪桥下的流水
南飞雁的羽毛，掠过低矮的村舍
月亮，瘦成父亲手中的镰刀
然后
是一片秋收了的田野

灰蓝占据了天空。鸟儿不见
起风了——

离家三千里的寓所
微微有了寒意。有了抱病的中年

桂花香

尽管那么细小。花期那么短
繁叶,仍遮不住
她们的香气,和一双双金色的韵脚

她们盛开的时候
姐姐正坐在木椅上,读一首诗
厨房里
母亲做的桂花糕,邻居送来的酒酿
都已溢出了浓香

风轻轻吹过。她们的黄色衣衫
在黄昏中,微微晃动
那样的柔软,芬芳

推开枝叶。推开秋天的寒意和萧瑟
我看见
这些小小的身影,都在为我
描述秋天的明亮

离歌

已经道过珍重。
不需要劝你再尽一杯酒了
也不需要再问,或是
提及什么

落木萧萧。涛声
在涌荡的江边,做好奔赴长流的准备
只需要一汪静水。放下
一朵孤傲的花
放下被春光抚摸过的三月
放下折叠的信。放下我的竭尽全力
再放下你的
孤帆远影

一只大雁,拍落羽翅上的暮色
飞过了对岸
只剩风,静静地吹着
把沉默的黄昏填满

静秋

叶子落了一些。蝉
还在树上
嘶哑地喊。露不动声色地寒

目之所见
是草木低垂,山骨清瘦
大雁成群离去
芦苇丛晃动。湖面泛出了苍蓝
与褶皱

瑟瑟秋风
——拂过长空,旷野,发梢眉头
终要带走什么

墙角,几株虎耳草
和我一样
静静的。没有像雏菊那样怒放
也没像晚荷那样颤抖

庄稼熟了

异乡的夜,被秋风慢慢地拉长

像一声声叹息
凌霄花落了。窗外青涩的树叶
还没褪尽

我忘记当时执意离开的时候
把什么带走了
九月的露水清亮
月光轻柔,渐渐抚平所有旧事的伤痕
与褶皱

这些年,父亲
一直在田里,对生活弯着腰
我知道,此刻
他所有成熟的庄稼,都学会了低头

秋夜书

九月的风已有了些许凉意。弟弟
今夜,我在故乡的屋顶
看见明月高悬

星子都安然有序。而你
而那些我们看不见的异乡漂泊的
孤苦、悲凉和艰辛,在来信里
你仍没有提及

弟弟,白露之后——

母亲的月光花,渐渐有了霜色
父亲的稻田,已结出满满的颗粒

只是,不知为何
院子里,那棵你亲手种下的桂树
一再推迟花期

霜降

姐姐。桂花都谢了
白霜
正随着故乡的一场秋寒,悄悄降临

降在老屋枝丫
降在荒芜的田野。降在寂寂的夜
降在鬓发。降在了

我们之间。一层薄薄的霜
无声逼近,让抵足而眠的两个人渐行
渐远。挂在墙上的老照片
已不见了踪影

只剩母亲种下的两株白菊花
在枯井旁,越靠越近

老屋

已经很老了。
已经经不起一场大雪的重量了

只有一些秋日的落花和鸟鸣
划破寂静。在她的头顶以及门楣
一点一点掉落

霜降后。院中的苦楝落光了叶子
父亲的果树已经成熟
柿子无人去摘,被枯瘦的枝臂
继续托举着

古井和墙上的旧照片仍在
只是——

母亲养的牵牛花,跃过土墙后
再也没有回来

立冬

霜降后。那些老树的叶子
一片又一片,在暮色中战栗
像母亲的影子
单薄。让我的梦发出微微的叹息

记得小时候
戴着老花镜的她,在粗布棉袄上
用绣花手法为我们补缀了那些贫寒和缝隙
童年在穿针引线中流走
岁月
刺出的皱纹深藏着她一生的积蓄

日子渐渐沉下去。城市的冷
一点一点压在心底
我时常怀念起那时的冬天,与她的温静
偶尔发呆饮酒。独自沉默着
在风里

冬日词

此刻,我避开
一切熙攘,和无意义的交谈
与院角凌寒的梅花
有着相同的沉默,和平静

给你们,念一首诗
我会念得很温柔很轻。像三月的风
引一个春天,引来千树万树的
花香,和鸟鸣

给孩子们,讲一个
温暖而勇敢的故事。我会讲得很细
很动听。在精彩处,稍微停一下
倾注更多的爱,和耐心

给远方亲友们,发一条
朋友圈。认真地写下

"珍重！待春风"，是我今天唯一的问候，和指令

小雪

此刻
适合一些古典事物填充寒日苍茫
比如长风浩荡
芦花已经放白
而梅的暗香,仍在唐宋的诗句里
斜逸着

阳光很薄
有淡淡的云影。岸边的水声
凉凉。足以漾起整个十一月的清寂

小雪节气
看不到纤纤小雪。天渐渐地
暗下去
于是蓦然间,我想起了你

小冬日

早上起得晚
开窗时,看见石阶和屋顶是湿的
才知道清早,或是昨夜
下了雨

三角梅立挺了起来
它的叶子更加翠绿干净
风吹向阳台,那些新洗的衣服上
母亲不说话,静静地
在厨房
穿回小巷。又在楼下忙着什么
我看到的
一直是她瘦小的背影

日光迟迟。
那样的寂小,柔和
悄悄从身旁经过,最后落在了哪里
也不为我所知

向晚

此时，光轻轻地
爬上湖面、落羽杉和蕨草。影子
很轻

十一月没有虫鸣。十一月的傍晚
被温柔照拂，安静
又深邃
叶子摇曳，带着风的和音

远处，升腾的烟岚
柔软地缠绕着
光影淡淡。几只白鹭悄悄掠过湖水

而我多么幸运，和湖水一样
有着一双明亮的眼睛

小路

公园里
一条鹅卵石铺成的小路。静默着
往前延伸

它温和地穿过藤蔓和初冬的傍晚
熟练地带我去看云霞,落日
低垂的松枝,野果落满的湖岸
以及自己的影子

一路上,总有鸟声啾啾
或在询问什么。又很快飞走了

风轻轻地拂去一些尘泥和落花
一条路,因我们时常去走
而更加光滑

洋葱

被丢弃在墙角。
鲜亮的紫色外皮在冷寂的风中
逐渐干瘪。脱落

翻开那些阴暗的、发霉的事物
看见它的顶端微微鼓起
穿透衰萎之躯

再熬过苦痛和孤独。从幽深的内部抽出
新绿的腰肢
以生长的方式,防腐

冬青

小寒后。所有的鸟声都被冻住
落梅花,被吹净

春夏,那长长的
开满牵牛花的围墙,早已稀疏
之前送我玫瑰和桂花露的人
也不见了踪影

风
仍在空旷的田野,簇集的芦花以及
我们之间
吹吹,停停

唯有,门前两棵冬青一直绿着
彼此之间
不分得太远,也不靠得太近

大雪

群山安静。星星都睡在云里
我辗转了好多梦境
才见到此时,身在异乡的你

门前的叶子,都落了
风慢慢抚平我们的
桀骜和往事。一切变得恬淡朴实

哥哥——

转眼间,又是大雪节气
青梅落花早已不知去向。我们
仍在各自的角色里

只是,枝头高高的柿子
悄悄服了软
经霜后的土瓜和红薯叶,有了
微微的甜意

冬天的柿子树

老屋前,一棵柿子树
落尽树叶的样子,有一种
静美

她曾经在六月,开满繁花如雪
七日不谢
经霜后,她孕育的果实
酝酿出的故事,甜蜜多汁

此时,她光秃的枝丫
悄无声息地
仍托举着十二月,低沉的天空
等待新芽萌动
等待吹又生的春风

冬至

大雪后。灯火
凄怆。悲风,与轻微的寒咳
无处遁形。进入更深寒的

此刻,依旧围炉
一个人烹茶。一些旧事的余温
浮动,若隐若现
还来不及回避

袅袅白气,很轻很轻
轻于我不尽的妄念。又轻煮着
时间,夜色,以及空空

如也。你轻悬如雪
荒冷,虚无。飘落得连绵不绝

拟见
NIJIAN

祖父的祭日

一整个下午
我们都静静地,和祖母在一起

目之所及
是熟悉的山。老树,还有鸟鸣
我们聊着立春日
聊着修整老屋、院子以及她喜欢的
聊到祖父的山茶
风吹起
落瓣和她的白发
又很快地,绕过了什么

我们的头低下去,声音
越来越轻柔。
日光温和,穿过几棵香樟的枝丫
也微微地
向她,倾斜了一下

小寒

适合闭门。一个人在小火炉旁
在纸上写点什么

写到朦胧的青灰色
宽柔而空荡的风。几只鸟兽的说话
盛开的美人茶
以及一枚静谧的弯月

多么幽美啊
可是,还是全部擦去吧
只留下雪

寒夜里,我们也总是这样静静地
独自结晶。独自白

拟见

寒夜

乌桕的叶子已经落了
今夜,一朵梅花
绽开的角度,刚好容得下露水
雀声及一整晚的忆念

小火炉旁。雾气升腾
像一种柔软的陈述在蔓延
还有足够的香气,盈盈
和年少岁月,供我们细细咀嚼
取暖

且让不平之事慢慢降温
且把人间的风霜关在门外。姐姐
如果你来——

我希望
天有一轮新月
你的肩上只有一层薄薄的雪

赠你一枝白山茶

冬月了
桃花或是玫瑰,我都无法赠你

无法赠你春风
无法赠你二月初的枝头,娉婷的往昔

只能,请你收下一枝白山茶

收下袅袅
收下她的安静素洁,她的不群
她小小的倔强,身上连带着的星光露水
和隐秘的歌声

收下吧
也收下她秘而不宣的部分

家书

如果没有看见头顶的月亮
今夜,我不会想起故乡。不会突然
想起你

想起十二月的乡野,星子如故
想起,家中的灯火已经为我亮起
暖暖相续

妈妈,辗转了几个城市
我仍旧没有探听到,他在南方的消息
只有时而清晰时而模糊的记忆
和风声撞击出的空荡

转眼,十二月将尽
一年又要匆匆过去。妈妈——

人间的风雪及一个女人的艰辛

我还不敢对孩子们讲

她们还如此纯真,像一朵朵豌豆花

刚刚绽放

雪夜

今夜是适合回忆的。妹妹
所有的树木
鸟,和村子都沉入一个白色的梦

是一阵南下的风
将小而轻的你带去了那里。带去了
低处。带进了
一个中年男人的怀里

妹妹——

冬至了。人间的萩花都谢了
母亲的山茶,一天比一天枯瘦
我记得,离家的那晚你刚满十七岁
雪夜中
父亲摔落了一坛好酒

元旦贴

细雪，簌簌。见访
不值。却又不值，一钱

翻完《苏轼词选》。
屋檐上，有恰到好处的白

云白，鹤白，水白，牡丹白
月光白。东方之既白

发白。
该著书、闭门的门前
短溪无法收回，看能西的流水

唉！这一大片颓然的
一小截悲哀

腊八粥

依旧记得那时,灶中的炉火
烧得正旺

父亲还是没回。母亲
把稚生的米、花生、赤豆、红枣
一勺一勺舀进锅里
把柴草和外界流言扔进灶膛
慢慢煮着

从沸腾到温静
从难以消融到柔软平和
母亲一直不断地搅拌着,守着

锅里的粥,渐渐肿胀鼓泡
火光中,我看到了深处的翻滚
和煎熬

大寒

渐渐。取出你姓氏里最短
一笔横木。慢煮最后一个节气
入骨。祛寒

再取出一些,你名字里的
三月,回暖。让风向东
十里加急。开始折转——

江南。花香
已经上路,柳色青青
燕子回旋。桃花径自落向

眉间。再远一点
去往你身心的最深处。浅酌
一帘雪色。慢慢靠近
慢慢饮完

拟见

小年

寒气仍在树梢。此时
我看见
窗外孤零零的几片叶子,在枝头颤抖
仿佛,风一吹就会落下

案上。几朵蜡梅开着
隐隐静静的。还记得去年的香气
又不由地想起

在遥远的乡下
小院的白梅,开出了雪
我的堂妹们,此刻正在掸尘祭灶、熬糖瓜
贴年画

父亲写好了春联
那些剪好的窗花,总是让人间的春风
提前到达

守岁

今晚没有月亮。红彤彤的炭火
安静地烧着

坐在母亲身边,我变得恬和
格外温柔,顺从
一边剥着花生,一边听她说话

她说起已经过世的外婆
说起远嫁的姐姐、父亲的风湿
以及许多的旧事
但总有一些什么细节被吞噬
遗漏

炉中的炭已所剩无几
几粒花生米,突然从指缝间掉下来
滚进角落后再也无法找见

拟见 NIJAN

守不住的岁，又匆匆溜走
蓦然间，想起母亲曾告诉过我
年是一头猛兽

写新春

可否,再
借我一张素笺,一支青毫
慢慢写下

一横,向东流,如逝水
一横,贯西南,如青山不改
再一横,要娇长,描你微颦的眉黛

一撇,撇去纷事如尘,积郁的雪
一捺,捺出枝头几点红,柳绿,以及杏花白
梨花白。玉肌也白

最后一日。门窗要统统打开

让风乘虚而入。阳光填满
暖一些,更暖一些
直到残香吹尽,旧梅开败。婉转的娇莺

先报出——

春来

后记

你好，读者。

黄昏，孝城晴。我坐在玻璃窗前，看着夕阳下沉，天色渐渐变暗，正是繁华敛尽。风轻轻翻动着诗集《拟见》的初稿，我的内心涌动出一丝欣慰和欢喜。

遂写下几段文字，以做《拟见》的后记。

有人说，一首诗是诗人的一张照片或画像，国家、民族、城市、历史、文化、性别、年代，甚至语言都只是他的背景，文字才是他本人。诗是他的标志和相貌，或某种跟读者接头的暗号，只是应者寥寥。

不禁想问一句：读诗的人，想从诗中读到什么？

是要深入诗人的内心，了解诗人为什么会写这样的诗句，还是想从诗句字面映照自己的意识，挖掘自己脑海里因为诗句而掀起的波澜？诗集并不是标本，所以我希望它能像一阵清风或者一部管弦乐谱，在吹拂或演奏中你可以不断获得新的体会、思考。毕竟，在时间的流转和人生的经历中用心去感悟，是品味作品的关键。

这也是我出版《拟见》的初衷和意义。

如果非要说一说现代诗的写作，谈一谈自己的创作感受，我只想说：仍需要学习。

有别于古诗词的典雅凝练，现代诗主要通过词汇的丰富、细节的锤炼、表达的多层次和旋律的多样化取胜。我已经看到一些诗人写的诗歌有别于古代诗人情怀，反射出现代文明光影，同时又极具美感、打动人心。

当更多的现代诗在中国古典诗歌和西方诗歌的融合中破茧而出，完成从自在到自由表达的过渡，对字词的现代运用能够从心所欲、精益求精，我仿佛看到了诗歌的复兴之光。

于我，仍需要努力学习。

生活常常被琐事塞满。有时把自己塞进生活的底子压实，有时又像一朵白莲那样从藕塘深处伛偻地探出头来。

看一看，写一写。

诗歌创作的路上，尽管我走得很是缓慢，但仍会继续行走。

继续错过无缘的，继续珍惜本该珍惜的。继续感恩一些人给予我的温暖，让我忘记所有的寒冷和困倦。

诗歌可以很繁复，也可以很简单。

人生也是。

此刻，天色已经完全暗下来，窗外透过薄薄的星光。尽管微弱，但微弱的光亮也是光亮。

我庆幸自己发现，并握住了。

2023 年 2 月 20 日